前言

1927年8月1日，中国共产党缔造的人民军队在“南昌起义”的枪声中诞生。这支军队从北伐战争、土地革命战争、抗日战争、解放战争、抗美援朝战争……的硝烟中走来，前赴后继，英勇顽强，敢于牺牲，只为胜利；这支军队用生命赢得了人民的解放、民族的独立，赢得了大国崛起的尊严。硝烟散去见军魂，军魂是信念、是勇敢、是忠诚；军魂是战争年代的热血；军魂是民族复兴的精神。

作者胡俊人，戎马一生，以枪和笔为武器，是人们崇敬的军人、诗人。他历经百年沧桑，依然精神抖擞，壮心不已。晚年他继续写作，并且用心修改、整理了他过去没来得及完成的诗稿。《军魂颂》诗集，饱含他对事业的忠诚，洋溢他对英雄的礼赞，融入他对民族的深情，在中国人民解放军建军90周年之际，集结出版，谨以此向伟大、英雄、光荣的军队致敬！

胡老在中学时代就喜欢写诗。1935年，他的散文诗在上海杜重远主编的《永生》上，以“胡杪稀”的笔名发表。1937年10月，他到达革命圣地延安，不久入党。他参加过抗日战争、解放战争、抗美援朝战争，长期的战斗生活，孕育了他热烈奔放而又深邃渊阔的诗情；血与火的岁月，历练了他越发奔腾不息的创作生命力。他写过无数的诗，许多诗被军内和地方报刊选登，先后出版了诗集《汉江南岸》《不夜集》《七月英雄》等。

胡老的诗，有着奔放的激情，更有着强烈的使命感、责任感。他在部队中长期担任政治工作领导职务，无论是战时还是平日，工作都非常繁忙、紧张，写作只能利用战斗间隙或业余空闲，更多的是在夜间。他说：“夜，是有的，但是我不把它当成夜，和白天干工作一样，我的精神可以战胜疲劳，我的干劲可以战胜懒惰。”“不夜”之夜，是胜利之夜，它的前面就是光明。

为了写好一首诗，他总是字斟句酌，反复推敲，写了改，改了再改，直到完全满意。如《汉江南岸》长诗，1951年抗美援朝第四次战役结束后就动笔起草，直到1958年脱稿。《七月英雄》历时更长，1949年开始写，是用东北战士语言写的一首长诗，部分内容曾以“七一功臣”为题，在1949年7月《长江日报》发表，但作为一首完整的长诗，直到1998年经反复修改最后定稿。一首写了40多年的诗，终于把它献给了读者。

胡老的诗，是多彩的，而最多、最感人的是写战斗、写战士、写英雄的诗。本诗集里选编的11首诗，集中地反映了这一鲜明特色。这些诗里，真实地、生动形象地记录了一些战役、战斗的壮烈场面和胜利场景。字里行间展现的是英雄战士们的血肉身躯和崇高心灵；赞誉的是英雄战士们对党、对祖国、对人民赤胆忠诚和坚韧不拔的战斗意志；颂扬的是英雄战士们的强烈爱国主义和革命英雄主义精神。从这些诗篇里我们看到，中国共产党领导下的人民军队，正是因为有着这样崇高的革命精神和顽强的战斗意志，从而战无不胜，打败了一切敌人，赢得了人民政权，捍卫了祖国的尊严。这些诗，是战地的军史；这些诗，是军魂的颂歌。

硝烟和炮声似乎已经远去，但人类命运共同体仍不宁静。出版战斗的诗、英雄的诗，让我们倍加缅怀先烈，不忘初心；让我们坚定爱国信念，奋发图强；让我们弘扬伟大军魂，为中华民族的伟大复兴不懈努力，奋勇前进。

目录

第一辑

七月英雄 长诗

侯成安，1925 年出生于山东省沂源县郑王庄。1944 年参加八路军。1945 年随军开往东北，后被编入东北野战军第 3 纵队 7 师 24 团 3 营 9 连，任班长。1946 年冬，东北保卫临江战役打响。在“一保临江”的战斗中，他机智俘敌 8 名，并救回了数名负伤的战友，受到部队表彰。在“三保临江”的战斗中，他单身追敌，缴获山炮 1 门，部队记普通功 1 次、大功 1 次，并被提升为 9 连 2 排排长。1947 年 5 月起，我军发动“夏季攻势”，在 7 月 1 日的总攻战斗中，在夺取最后山头时，2 排还剩 8 名战士，他的机枪也只剩下 6 粒子弹，而敌人火力仍然很猛。他急中生智，命令战士爬到敌侧大声喊叫吸引火力，而他带领战士从正面夺下山头。战斗结束后，2 排被评为集体功，他被记一次特殊功。因战斗这天是中国共产党成立 26 周年，侯成安被纵队授予“七月英雄”的光荣称号，荣获“特功奖章”一枚。

1947年12月中旬，我军发动“冬季攻势”。1948年1月6日，侯成安所在部队，在敌人飞机轰炸、机枪扫射及炮火封锁下，开始向敌人最后的集结点文家台猛攻。1月7日凌晨，9连打进了文家台，在敌军军部附近展开激战。因9连连长和指导员都负了重伤，营长命令侯成安代理副连长。在残酷的突击战中，他身负重伤而壮烈牺牲。

作者多次与侯成安见面、谈话、采访。英雄的事迹，已深深融入作者的情感。英雄的事迹，激励作者用四十多年写完此诗。

序诗

I

七月英雄，
出现在东北战场。
英雄的光辉，
像一轮红日，
高挂天空，
照耀四方。
照耀着阵地上
出击的勇敢步伐；
照耀着战斗中
行军的道路；
照耀着胜利的方向……

部队有了你，
人人身上添力量；
如虎添翼，
似快刀刃上
再加一层钢。

敌人听到你，
闻风丧胆，
心惊肉也跳。
你，是山上猛虎，
要吃尽豺狼；
你，是水中蛟龙，
要倒海翻江。

部队有了你，
像有用不尽的力量。
每一个大的战役，
千军万马如潮涌，
你，是先锋。

七月英雄，
出现在东北战场。
英雄的光辉，
像一轮红日，
高挂天空，
照耀四方。
照耀着阵地上
出击的勇敢步伐；
照耀着战斗中
行军的道路；
照耀着胜利的方向……

II

侯成安啊！
你的家呢？
从这个乡，
到那个乡；
从这个县，
到那个县，
哪里是尽头啊？

你家的庄稼被抢了，
还不准喊冤。
恶霸地主威胁你们：
“打仗，我有人！
打官司，我有黄金！”……

你家的房子被霸占了，
也不准去告状。
爸爸被抓走了，
用绳子拴着。
他们的人，
都扛着枪……

你的二姐也被抢走了，
妈妈搂着亲生的闺女，
她哭呀！喊呀！
姐姐的眼泪，
滴湿了妈妈胸前的衣襟。
妈妈被踢倒了，
她，昏过去了……
你家的五亩地被霸占了，
又把你们撵走，
没有家的一家人流着泪，
人不亲，土亲呀！
本乡本土离不开……

走着，流浪着，
妈妈的眼泪流着……
再往哪里走？
挨门挨户求乞……
这怎么能长久？

侯成安啊！
你的家呢？
你，都记住了，
小小的心灵啊！
带着创伤成长，
是啊！走到哪里是尽头？

III 咚咚咚，锵锵锵……
欢送参军的锣鼓连天响，
山东的根据地，
掀起参军热潮。

打日本鬼子，
有共产党的好主张。
八路军啊！
打了很多胜仗。
人民像度过茫茫黑夜，
太阳带来了，
灿烂的光芒。

到了根据地，
根据地像春天一样温暖，
没有家的母子俩，
有了一个新的家。

侯成安啊，
要求参军，
——要求参加老二团，
老二团，人民心中扎了根。
你，侯成安，
用自己的苦难做号台：
青年们！快快武装起来！
保卫自己的家乡。

骑着村里的枣红马，
胸前挂朵大红花，
村长也带头参军。
男男女女，
老老少少，
还有孩子们，
都跟在后面欢送。

咚咚咚，锵锵锵……
欢送参军的锣鼓连天响，
山东的根据地，
掀起参军热潮……

01

银海

1946 年冬，
保卫临江。

队伍开进华皮拉子，
大雪下来了，
茫茫一片银海。
脚埋在雪里，
埋到膝盖。

一天一夜的战斗，
都在雪地里打滚、匍匐、拼杀……
红旗像在阵地上燃烧，
碧血染红的刺刀闪着光。
白天盼望黑夜到。

敌人怕黑夜啊！
我们黑夜可以当白天。
黑夜又盼望黎明来，
阳光从云里钻出来吧！
把我们的身体暖一暖。

战士的心，
随着自己的愿望在想。

战后的屯子，
死一样的静寂；
瓦砾堆上冒着青烟，
雪地上敌人尸体留下的血迹……
硝烟浓雾样窒息战士的呼吸。
华皮拉子呀！
梦样经过一场簸波……

战斗结束了，
战场打扫过了，
侯成安总不放心。
搜索一遍，
再搜索一遍。
你自己问自己：
还有没有
丢下的彩号？
还有没有
藏起来的敌人？

在雪地里刺溜过来，
又刺溜过去。
队伍走得不远。

你，再一次搜索，
刺骨的风，
火热的心。
就凭自己的智慧，
就凭自己的眼睛。
在践踏后
又铺平的雪地里，
留下深深的
一串脚印……

两只眼睛，
射出两道光，
扫过来，
又扫过去。
远方的大树下，
有个黑色的人影……

侯成安啊！
像射出去的箭，

踩着雪，
从冰上滑过去，
从坡上跳下去……

那是负伤的同志，
他的枪，
瞄准左前方。
血流不止的腿，
负了重伤，
他的手冻得像紫姜……
他告诉你：
“前面的斜坡上，
有八个敌人，
他们用白布伪装。
我的枪啊！
正监视着……”

侯成安甩出
一颗手榴弹。
一声巨响，
一片大地的回声。
侯成安，
端着枪，

大叫一声：
“哪个不缴枪，
一个活不成！”
敌人站起来，
又哈腰，又下跪。
“把枪撂过来！”
手起枪落，
八支枪，
倒在雪地上。

“听我指挥，
把彩号背上。”
侯成安的枪，
对着八个俘虏兵，
八个人，
像失掉了灵魂。
慢慢移动步子，
四周，茫茫一片，
没有别的人，
没有别的动静。
狡猾的敌人，
露出后悔的表情，
他们，像在说话，

他们的话，
没有声音：
“八个对一个，
为什么缴枪？
不该啊！不该……”

彩号背在身上，
走一阵，
换一个人，
八个俘虏兵，
互相转换。
侯成安走在最后，
踩着雪，
成一路队形。

任务，完成了，
侯成安啊！
手上，端着枪，
黑红的脸，
笑得像初升的太阳。

02

苦斗

在大通沟，
敌人又上来了，
暂编二十一师，
要迂回临江。
我们有准备，
敌人不提防。
拦腰掐断，
把它分成两股，
它们，战战兢兢。
我们的火力，
组成一道网，
红光闪闪，
炮声隆隆……
敌人乱窜，
好像已失去指挥。
往东跑，
跑不出去；
往西跑
又被挡住……
跑来跑去，
来来回回，
晕头转向。

对准慌乱的敌人，
我们的枪扫过去，
我们的炮打过去，
像倾盆大雨，
打得急，
打得猛。
密密集集，
不让敌人喘息。

队伍上去了……
侯成安，
看到敌人增援，
两门笨重的山炮，
在山脚下向前移动。
许多人拉着，
走不快，
也走不动……
一个叫一个用力，
一个催一个快走。
谁也不卖力，
谁也不用劲，
都想留点劲，
准备逃命。

侯成安，

看着两门山炮，

笑得眯着眼。

心，好像都在笑啊！

叫副班长指挥，

自己踩着雪，

追上去，追上去……

要夺取两门山炮！

靰鞡不跟脚，

迅速脱下……

脚上，像针扎，

在雪地里，

飞起轻快的步伐。

手榴弹甩过去，

一个、两个……

敌人倒下：

有的挣扎，

有的不动。

白雪上，

一片红……

记不清了，
这是第几次，
一个人，进行战斗；
一个人，缴获武器；
一个人，活捉俘虏……
侯成安啊！
眼睛一眨，
乐滋滋的，
再摸一摸，
这两门山炮。
——一门坏了，
一门好像新出厂。

“把炮火加强，
叫敌人的炮，
帮俺们打仗。”
像一道命令，
从你的脑子里闪过。
侯成安，
感到时间紧，
感到任务重，
感到力量弱，
感到困难多……

炮，埋在雪里，
一个人啊！
拉不动，
推不走……
敌人的炮，
变成我们的。
我们的炮，
我们要指挥。
侯成安，
决心下了，
一个人，
也要拉走这门炮。
用干草扎成扫把，
路上的雪，
扫在两旁。
扫一阵雪，拉一阵炮。
雪地里的炮，
一寸、一寸……
在路上前进。

战斗是这样的艰苦啊！
胜利是这样的不易啊！
侯成安，

又想起二保临江了。
在大北岔，
南山的战斗，
那时候，
大炮不多，
敌人一个营，
连冲九次，
自己指挥一个班，
没叫敌人冲上来。
帽子被打破，
袖子穿了窟窿眼，
自己一点不知道。
敌人一个劲地冲，
冲上来，
倒下去，
又冲上来，
又倒下去，
一次次，
一回回……

越想越急，
越急越用劲，
拉呀！拉呀！

滴在棉衣上的汗水，
结成冰珠，
湿透的棉帽，
热气像冒青烟。
用这么大的劲，
还是第一次；
冬天出这么多的汗，
从来没有过……

扫一阵雪，
拉一阵炮，
扫雪、拉炮、
拉炮、扫雪……
真艰难啊！
几个钟头，
才移动几里路。
侯成安，
有自己的想法，
蚂蚁要啃骨头，
这门炮，
一个人也要搬！
侯成安啊！
伴随山炮，
在雪地里前进！

03

战前

I

团长到了九连，
总找二排长谈话，
侯成安当排长了，
二排和猛虎一样。

团长喜欢你，
侯成安啊！
你，当了排长，
他第一次和你谈话。

把团长的话记在心上，
心里又甜，又敞亮。
他说：“老虎要猛呀！
二排要像老虎添翅膀……”

“党员带头当先锋，
什么敌人都不怕。”
这些话，常在耳边响，
二排，要百炼成钢。

团长说的话，
你对每个战士宣扬。
围着你，坐在炕沿上，
像听生动的故事一样。

故事在战士心里扎根，
好像自己都添了翅膀；
白天，飞一样练习登山，
梦里，也向敌人猛扑……

战士，像猛虎，
虎，就是战士。
墙报写满当猛虎的决心，
虎，也画在墙上……

II

战斗又快打响了，
要打新六军；
消息，像风一样吹，
吹到战士耳边。

命令正式传到连队，
像办喜事一样忙起来；
地图上，画着九连主攻，
二排当尖刀使用。

拉子沟北山，
敌人在抢修工事；
敌人要在这里固守，
我们要在这里突破。

现地进行了勘察，
敌情，心里记下。
侯成安，回到排里，
把部署画在纸上。

像给战士们上课，
指着自己画的地图；
每个火力点都画在图上，
出击道路画得清清楚楚。

看着简单的略图，
就像见了敌人的部署；
让战士们看着略图讨论，
发挥每个人的才能。

III 战斗以前，
侯成安，
把战士叫到身边：
“夜间动作，
可不能有声响！”
检查了战士们的着装，
又查战士们的枪。

战斗以前，
侯成安，
把战士叫到身边：
“夜间战斗，
指挥困难多……”
检查了战士们的白毛巾，
又问讯号有没有记清？

战斗以前，
侯成安，
把战士叫到身边：
“我们有困难，
敌人更胆寒……”
问问战士地形是否记清？
又问问方向能否判明？

战斗以前，
侯成安，
把战士叫到身边：
“我们主动出击，
敌人孤立无援……”
要战士们刺刀对准敌人，
要快，又要狠。

战斗以前，
侯成安，
把战士叫到身边：
“晚上，炮声一响，
敌人就要惊慌……”
要战士们像猛虎添翅膀，
在战场上实现团长的话。

04

嘉奖

战斗的夜里，
天上，星星眨着眼；
风吹来，
摆动树枝，
沙沙地响。
侯成安，
带着两个班
爬上山坡。

炮声响了，
那是自己的炮。
山炮弹，
迫击炮弹，
落在山头。
侯成安啊！
趴下来。
悄悄地，
听着动静。

敌人的排长，
在说话：
“看不着，别打！”
说完，就溜了。
侯成安，
一个人，
爬过去了。
又听见有人说话：
“左边的山头，
右边的山头，
都有机枪，
组成了火网；
后面的山上，
有三挺机枪
有三门六零炮，
纵深的火力更强……”
敌人的指挥官，
在壮自己人的胆。

你听了，真想笑，
敌人的部署，
你，早就做了侦察。
命令六班打正面，
自己带着四班打左边。
二十五个人，
英勇地打开了。

敌人的机枪，
压住六班了，
六班上不去，
也下不来。
侯成安啊！
悄悄地爬上去，
一只手，卡住
滚烫的机枪；
一只手，卡住
敌人的机枪手。
敌人乖乖地缴枪了，
高高地举起了两只手……

刚俘虏的三个敌人，
抱着子弹箱，
他们走着，
侯成安赶着，
像赶着羊。
俘虏兵，
干瞪眼。
“要花招，
就突突你们……”
手上的轻机枪，
对准他们。
打到哪，
把他们赶到哪，
他们啊！
还给你装子弹。

只剩下六粒子弹了，
侯成安说：
“不能再打了。”
这边不打，
那边的机枪，
又叫开了，
又扫过来了。

老郑负了伤，
六班长，
张文祥，
也一拐一拐……
他们下去了，
把这三个俘虏，
交给他们。

蔡鸿瑞，
给炮弹片打伤，
摸摸他的肩，
一片湿。
侯成安，
开了腔：
“血！快下去，
下去包扎。”
他下去，
你啊！也放了心。

天明了，
你查了查人数；
两个班，
能作战的，
只有十个人。
再用什么计呢？
眉头一皱，
把小李叫来：
“俺喊三排长冲！
你就答话。”

小李走了三十多步，
侯成安就喊：
“三排长，冲啊！”
小李也大声地叫：
“第三排，
快冲啊！”
小李只一个人，
敌人的火力，
都向他射击。
突……突……突……
通……通……通……

侯成安，
领着八个人，
从正面上去了。
最后六粒子弹
打出去了，
手榴弹
撇出去了。
敌人连枪，
还没有掉过头来，
都倒下了。
工事里，
敌人的机枪，
不吭气了。
死的，倒下了，
负伤的，
在哼哼……

站在最高的山头上，
端起新缴获的机枪，
一梭子扫过去，
又一梭子扫过去；

敌人散花了，
像一群鸭子，
乱跑、乱滚、
乱喊叫……
一梭子，
又一梭子，
扫呀，扫呀！
真带劲，
敌人倒的倒，
叫的叫……

第二排，
飘扬着
胜利的红旗，
红旗永远在二排飘扬，
红旗永远迎接胜利的歌声。
二排呀！
一个战斗，
接一个战斗；
一个胜利，
接一个胜利。

战役结束，
这正是“七一”，
我们党的
二十六周年。
侯成安，
这是党的生日。
师部通令：
给你记大功。
纵队通令：
嘉奖你
为“七一”功臣。
——有名的
“七一”功臣呀！
传遍全军。

05

铁拳

公主屯以南，
大战又开始了；
在文家台，
敌人，大炮轰鸣，
向前推进，
钢盔，没有光，
小小的青天白日，
密密麻麻，
脑袋在转动。

我们的队伍，
浩浩荡荡，
三路展开，
像一把把铁钳。

战斗一开始，
连长，负了重伤。
战机，不能失掉，
指挥，不能中断。

侯成安，
代理了连长，
你，指挥突击排，
组织火力，
组织爆破……
机关枪、小炮，
步枪、手榴弹，
炸药、爆破筒……
集中一切武器，
向敌人，
密集扫射，
向敌人，
猛烈回击！

九连的任务，
拿下新五军
军的指挥部。
和友军协同，
组织进攻。
二排，开始突击，
连续的爆破。

侯成安，
对大家说过：
“找到致命伤，
狠狠敲它一棒。”
突击排呀！
像最有力的大铁拳，
突击排的运动，
快如风……

大铁拳砸过去了，
新五军军部，
眼看就要拿下。
敌人乱套了，
乱枪、乱炮，
乱打、乱喊……
侯成安，
被炮弹炸伤，
一粒子弹又从
脖子上穿过。
血，流在地上，
染红了烧焦的土地，
也染红了
自己的军装。

你，躺下来，
嘴还在指挥，
还在鼓动……

倒下去，
站起来，
多么的顽强啊！
站起来，
又倒下去……
子弹在头顶上飞，
鲜血在地面上流。
“谁也不用管俺，
谁也不用担心。
胜利快到手了啊！
快快前进，
快快前进……”
话，响彻在战场上，
像一阵阵
冲锋号！
战士们杀上去了，
杀声震天，
冲上去呀！
胜利在望。

颤动的嘴，
说完话。
沉重地闭上眼睛，
浑身的劲也用尽。
炮弹又在身边开花，
身体也随着地皮震动。
睁不开的眼睛，
慢慢睁开来。
看着浓烟滚滚的上空，
又支起身来，
想继续前进。
侯成安啊！
第一次感到失望，
第一次感到苦恼，
自己的身体，
不听自己使唤……

再不能站起，
侯成安站不起来，
慢慢地，
慢慢地，
匍匐着移动身体。
前进的路上，
隐隐约约，

侯成安，
好像看见
躺着一个人……

在倒着的战士身边看看，
没有见过面的战友呀！
也躺下了，
我们的好同志，
我们的勇士，
也重伤了。

看看不省人事的战友，
侯成安，
伸出颤动的手，
艰难地从战友身上，
取下沉甸甸的冲锋枪。
听着战友艰难的呼吸，
侯成安，
喃喃地说了话：
“抢救队就要上来，
他们会送你去治疗；
这样多的血，
说明你战斗顽强，
再忍受一下……”

一声巨响，
一片火光。
躺着的战友啊！
听到没有？
看到没有？
“同志们……俺们报仇了……
新五军……快完了……”
是安慰，是鼓舞。
侯成安啊！
吃力地说完
这最后两句话。
头，再也抬不起来，
头，又耷拉到地下。
心里像火烧，
嘴里像冒烟，
手脚像被捆，
身上像失去知觉……
将睡不睡，
昏昏沉沉……
做梦一样。

侯成安，
像到了最前线，

同突击排一起
组织最后一次
最猛烈的火力突击，
真的，耳朵听见响了呀！
轰隆隆，
轰隆隆……
爆炸声，
枪声，炮声，
地皮开花的
震动声……
冲呀！
杀呀！
一片喊声……

手，想挥舞，
举不起来，
脚，想前进，
迈不开……
挣扎一阵，
又挣扎一阵，
侯成安，
睁开沉重的眼皮，
眼珠盯着前方。
眼睛里，
射出炯炯的光……

06

笑了

I

白色的墙，
白色的窗帘，
白色的房间里，
白色的人群，
——进进出出，
——来来往往。

一天、两天、
三天过去了；
侯成安，
没有说一句话。

睁开两只眼睛，
直盯着病室的门，
——等战友带来问候，
——等胜利消息传播。
重伤员的病室，
——不准人进；
重伤员的病室，
——寂静无声。

想说话，
嗓子像哽塞，
想问文家台的消息，
表达不出来。
两只眼睛，
盯着病室的门。

残废可以忍受，
牺牲是对祖国的贡献；
只有自己的处境，
是最大的不幸；
眼睛，看不见战友，
四肢，不能动弹，
嘴里，喊不出声……

侯成安啊！
好像有心事，
有什么忧愁，
压在心头？
代替说话的，
是不闭的眼睛，
直盯着病室的门。

II

是第几个白天？
是第几个夜晚？
战友们记得清。
战友们又到了医院，
九连派来了代表，
二排，每班都有人，
侯成安啊！
指导员是领队……

看到自己的战友，
真想抱呀！唱呀！跳呀……
嘴，说不出话，
眼，流着真挚的泪。
战友们，脸色阴郁，
战友们，十分担忧……

“好排长啊！
我们的好排长。
我们已来过五次，
为着你的健康，
我们一次一次，
被劝说回去……”

“好排长啊！
我们的好排长。
听说你负了重伤，

听说你不讲一句话，
战友们伤心过，
热泪直流……”

“好排长啊！
我们的好排长。
你说一句话也好，
你对我们笑一笑也好，
你懂我们的意思？
你还认识我们不？”

“好排长啊！
我们的好排长。
再见你不知在哪里？
明天，部队要整装出发，
今天，院长还不准来看你，
我们流着泪，请求这一次……”

是第几个白天，
是第几个夜晚，
战友们记得清。
战友们又到了医院，
九连派了代表，
二排，每班都有人。
侯成安啊！
指导员领队……

III

病室的门，
轻轻打开。
轻轻的步子，
迈进门来。
话，轻得听不清。
她们，要保证你
静静地养伤；
她们，要挽救你
年轻的生命。
她们，医院里的
白衣战士；
她们，伤病员
最亲密的白衣天使……

轻点，再轻点，
声音再放低，
白衣战士这样要求。
侯成安啊！
我们心里的话，
总要对你说清，
你，知不知道？
战友们都在想，
今天这一别，
什么时候再见面呀！
你，怎么一句话不说。

“亲爱的白衣姑娘，
我们的心和你一样……
让排长早日恢复健康，
指挥我们打胜仗。
今天，从百里以外走来，
明天，又要走向新的战场。
我们的心里话，
没有完全对排长讲……”
战友们，把自己的衷肠，
告诉了白衣姑娘……

“好排长呀！
我们的好排长。
你代理连长的命令，
完全实现，
突击排五次猛攻，
爆破一次，
又连续爆破……”

“好排长呀！
我们的好排长。
文家台的敌人全歼了！
新五军军长——陈林达
被俘了……”

这几句话，
很有力量，
像强心剂，
注射在身上，
这，比强心剂，
还有力量。

侯成安笑了，
平静的脸上，
显出崇高的自豪。
像再没有留恋，
像再没有牵挂，
像再没有想念……
微笑的眼睛，
慢慢闭上，
侯成安，
你的眼睛，
永远闭上，
永远闭上了……

尾声

像办喜事一样，
纵队命令往下传，
正式命名九连
——七月英雄连。
侯成安，
永垂不朽，
七月英雄，
万古常青。

英雄的九连，
新连长接受命令；
绣着“七月英雄连”五个字的
大红旗迎风飘扬。

英雄的九连，
英雄的称号人人爱；
侯成安的战斗历程，
永远金光闪闪。

英雄的九连，
消息风一样传遍整个战场；
侯成安的英雄形象，
耸立在战友前方。

九连的消息在传，
英雄的红旗在飘；
东北战场都被轰动，
这，英雄的无穷力量……

像办喜事一样，
纵队命令往下传，
正式命名九连
——七月英雄连。
侯成安，
永垂不朽，
七月英雄，
万古常青。

1949 年 4 月草于北京
1959 年 6 月脱稿于本溪
1976–1998 年多次修改于成都

第二辑

汉江南岸 长诗

汉江南岸之战，是抗美援朝战争中我志愿军实施强势的战略反攻转入的防御战。美军在我第三次战役打击下，丢了汉城，败退到“三七”线附近，妄图挽回败局，卷土重来。

根据彭德怀总司令制定并经毛主席批准的“东放西顶”的战略方针，50军及38军112师在西线并肩作战，顶住了美军的强大攻势。50军三个师的防御阵地分布在汉江南岸白云山、光教山、兄弟峰、东远里、修理山、帽落山、二圣山、礼峰山、久衡山等地域。40多公里的正面，是敌人进攻的主要方向和重点，敌在此部署了进攻兵力的主要集团。部队于1951年1月25日转入防御作战，至3月15日奉命撤回，50个日日夜夜，浴血坚守，打退了敌人在飞机、坦克、大炮掩护下的轮番疯狂进攻，保证了我军第四次战役的胜利，战斗空前残酷。惊天地、泣鬼神的50昼夜防御战，在世界战争史上谱写了壮丽的诗篇。

此次作战，涌现了一大批英雄集体、个人。被授予光荣称号的连以上单位就有：149 师 447 团“白云山团”，148 师 443 团四连“能攻善守连”、444 团四连“修理山连”，149 师 445 团八连“英勇顽强连”、447 团三连“浮里岛连”，150 师 448 团四连“东鹤山连”、450 团七连“战斗英雄连”等。

作者以亲身经历和真实记录写下了这首诗，让我们记住这场战争，让我们铭记那些牺牲在异国他乡的英雄儿女，让我们传承勇敢的军魂。

01 火海

汉江南岸，
山崩地裂；
敌机轰炸，
大火蔓延……

房屋被炸的倒塌声，
风吹火焰的呼啸声……
不分东西南北，
连成一片滚滚的火海。

最高的山在燃烧，
最低的深沟在燃烧，
山沟里的独立家屋，
也卷着熊熊的火苗。

秀丽的青松烧成一条条焦炭，
高耸的烟囱碎成一堆堆红砖；
美好的田园炸烂了，
飞着飘带的姑娘，歌声消失了……

女人头上顶着布包，
男人赶着
大轱辘车
往北奔跑。

路上拥挤着：
人挤人，
车连车，
大黄牛也在叹息。

大人默默无声，
小孩哭哭啼啼；
走啊！拖着沉重的步伐，
走啊！不分黑夜，白天……

公路边上，
死人堆里，
断续着孩子凄惨的叫声：
“阿妈妮，阿妈妮……”

黄牛突着大眼珠死了，
大肠流在路上；
轱辘车炸飞了，
车轴在稻田里燃烧。

火药味，汽油味，
房屋燃烧的糊味……
罪恶的火，
带来了毁灭。

和平的土地浓烟四起，
和平的村庄瓦砾满地；
没有熄灭的灰堆，
毕毕剥剥爆火粒。

烟雾，一个村庄连一个村庄，
黑灰飞满天空
——天空一片暗淡，
太阳，像失去了光芒。

黑夜，通红的火光里，
闪动着长长的行列；
公路上运动着飞快的步子，
村庄，像大地睁开了愤怒的眼睛。

从弹坑里冲出去，
从烟雾里冲出去……
从火里冲出去……
无数的心，燃烧着复仇的火焰。

"守住我们的
江南滩头阵地!"[①]
这是战斗的号召
——钢铁的意志。

疯狂地炸,
疯狂地烧,
敌人要反扑了
——由南向北。

海上的敌人,
炮击仁川;
水原的敌人,
大规模出动。

在美国,在朝鲜……
张牙舞爪的疯子在叫嚣;
——三天之内,
把汉城夺回。[②]

---

①指修理山,它在汉江南岸,可以控制水原到汉城的铁路与公路,为我军汉江南岸阻击战的英雄阵地之一。
②第三次战役,50 军 148 师、149 师及友军一部,于 1951 年 1 月 4 日最先攻入汉城。中朝部队占领了汉城以后,在我军完成汉江南岸阻击战后主动撤出。

修理山周围，
烧红了天；
修理山南面，
炮火越打越近。

为了确保战役胜利，
为了掩护主力补充、休整
——不准敌人再前进！
　　不准敌人再前进！

烟雾与火苗交织，
修理山上，志愿军坚守；
修理山啊！
你的前沿，就是埋葬敌人的坟墓！

02

工事

北风怒号，
大雪纷纷下，
山头，戴白帽，
群山，披上白色的衣裳。
风啊！雪啊！
和我们一起同敌人作战吧！

人没有闲的，
工具没有闲的，
铁锹铁镐，
一起一落，
白雪翻到土里，
新土翻到上面。

炮火越来越近，
交通壕越挖越深；
白天，铁镐在雪地上起落，
黑夜，铁镐在寒风里闪闪。
修理山上，
没有闲人。

野马式飞机，
擦着山头飞，
飞过山来，
又飞过山去。
找不到目标，
嘟嘟地乱射击。

交通壕修起来了，
像修理山的大动脉，
前方通到后方，
右翼通到左翼。
人，在里面流动，
武器，在里面流动。

翻开的新土，
用雪伪装，
挖掉的草丛，
用小松树插上。
修理山，有一股热流，
修理山，有一股力量。

掩体做在哪里，
就像钉子钉在哪里；
暗堡筑在哪里，
就像生根在哪里。
——攻不破，
　　守得住。

一月二十八日，
最艰难的日子从此开始，
美匪第三师，二十五师……
李伪军一师，
榴弹炮团……
开始进攻修理山。

修理山啊，
战斗了！
每一支枪，
子弹推上膛；
每一支枪，
瞄准前方。

炮声，飞机声，
爆炸声……
震动修理山。
修理山回击了，
步枪，手榴弹……
一次一次把敌人打退。

战斗的夜里抢修工事，
工事里面再修工事。
无数的炮弹打过来，
炸弹也在工事上掀起烟雾。
白天，工事上一片枪声和炮声，
黑夜，工事里一片镐声和锯声。

03 石头

我们的前沿阵地，
速达一里，①
敌人集中火力，
开始攻击。

一个营的兵力，
十七辆坦克哗哗啦啦震动地皮；
十几门榴炮隆隆响，
天空俯冲八架飞机。
第一排守在突出部，
第二排守在山腰。
指导员，阎玉耀，
在二排仔细观察。

通讯员上来报告情况，
连长负了重伤，
通讯员传达了连长的命令：
“不准放跑一个进攻的敌人！”

① 速达一里，朝鲜地名，在修理山上。

一排的战斗非常紧张，
敌人的进攻一次接一次；
修理山上，像狂风怒号，
炸不塌的山，烧不烂的石头。

和通讯员一起往下走，
一起穿过一条山沟；
只要一排打好仗，
修理山就可以固守。

速达一里，
是敌人主攻方向，
指导员，
心里明亮。

想起连长的伤
——连长！你的伤怎么样？
指导员越走越快，
一面走，一面想。

一阵枪响，
指导员负了伤；
敌人发现目标，
机枪连着扫。

忍着痛，
三步两步刺溜到山下，
指导员心里的部署摆出来，
要把敌人装进我们的口袋。

谁知道连长已经牺牲，
仇恨的心上，再加仇恨……
愤怒的火，从愤怒的眼里喷出来
——报仇啊，给连长报仇！

指导员的心像刀刮一样痛，
指导员的脸像春水一样平静，
摘下自己的军帽：
“连长，我们会越来越强……”

没有时间回忆往事，
指导员，只有一个感觉：
和连长一起，
没有一个战斗不胜利。

和连长一起，没有一个战斗不胜利，
东北告捷，全国解放……
一个战斗接一个战斗，
每一次都担任主攻方向。

“连长的意志要每个人继承，
每一个战斗，
都不准放跑一个敌人！”
指导员，鼓励着每一个人。

战斗越来越紧张，
弹药越来越缺乏；
学神枪手啊！
一颗子弹消灭一个敌人。

把伤员的枪集中起来，
把烈士的子弹分配给每一个人；
每一颗子弹打出去都要讨还血债，
牺牲的同志！我们的枪会瞄得更准。

指导员回忆起往事：
石头也曾做过得力的武器，
石头打过国民党匪帮，
石头打过日本武士道……

修理山啊！石头用不尽，
修理山的石头要打美国强盗了。
修理山的石头啊！
你们也冲击吧！

指导员在每一条战壕里来回鼓动，
指导员嘴里说话，
手里晃着一块大石头，
“我们，没有战胜不了的困难！
敌人炮击，
我们隐蔽；
敌人往上冲，
石头往下砸！”

指导员的话，
战士们的心，
话，像进军号，
心，朝着一个方向。

指导员的话，
鼓舞着每一个战士；
战士们的心，
结成一道钢铁的城墙。

石头堆在每个人面前，
弹药箱装满了石头。
“石头，跟我们作战吧！”
“石头，打麦克阿瑟去！”

弹药不足的武器，
压不住敌人的火力；
敌人冲上来了，
到了一排前沿阵地。

抱着弹药箱，
站在工事顶上；
对准敌人砸下去，
哗啦啦啦一阵响。

倒下的敌人惨叫，
跑掉的敌人不见踪影；
暮色苍茫里飞出一只只木箱，
敌人心惊肉也跳。

山脚下的无名高地，
用石头夺回来了；
进攻的敌人，
被石头打垮了。

用石头打垮敌人，
消息传遍全军。
第七连，英勇顽强，
修理山，闪耀着胜利的光芒！

04

机枪

天色刚明，
钱树俊，[①]
走下山来，
用大衣兜着雪，
扛着机枪，
又匆匆回到山上。

寒风，像无数把刀，
穿透棉衣，
刺着胸膛。
啊！冰冷的山，
啊！刺骨的风，
啊！滚热的心。

想一想，就开始了动作，
大衣，翻过来，
帽子，又插一圈松树枝；
小松树像在雪地上生长，
小松树，掩护着
我们的人和我们的枪。

①钱树俊，50 军 148 师 444 团七连副班长，共产党员，1948 年 10 月入伍。战后被记二等功，并授予“英雄机枪手”光荣称号。

钱树俊和弹药手在一道，
他俩从参军起就没有一天分离，
一个扛机枪，
一个扛弹药；
一个爱沉默，
一个爱说笑。

二七五点九高地——
钱树俊的机枪掩体。
机枪摆稳，
隐蔽身体，
一个说："不到跟前不动手。"
一个说："叫他来一个灯蛾扑火。"

十几个敌人，
往上冲，
越冲越近，
钱树俊，
轻轻摆动机枪，
瞄准又瞄准。
机枪猛打一阵，
又猛打一阵。
倒下了，倒下了……

钱树俊，看得清，
一个挨一个，
十三个敌人。
早算准了，
把身体隐蔽好；
果然一阵排炮，
从山腰打到山上。
炮声一停，
又冲上十几个敌人。

机枪又瞄准了，
距离测量好了，
一梭子弹打出去，
又一梭子弹打出去。
这一次，敌人走的老路——
上不来，也回不去。

炮弹带着火光爆炸，
树在飞舞啊！
烟雾笼罩山峰，
碎石飞在天空，
弹药手牺牲了！
钱树俊嘴上流血，耳朵嗡嗡。

喜欢说笑的影子还在眼前，
平时的歌声还在耳边，
钱树俊默默地看着弹药手：
“战友啊！我不为你落泪，
不能分离的战友分离了，
我为你更勇敢地战斗……”

为了祖国的安全，
准备牺牲自己的一切。
共产党员，
不怕牺牲流血；
一颗沉痛的心，
担当起更重的责任。

第三次，
第四次，
敌人五次冲锋，
都落了空，
一堆一堆的敌人，
躺着不动。

打得漂亮啊!
看!敌人站着倒下去,
看!卡宾枪举起来掉下去,
看!钢盔碰钢盔滚下去……
钱树俊自言自语:
“要打眼睛绝不打着鼻子!”

敌人第六次冲锋,
钱树俊啊!
要变换位置了,
想移动又不能移动,
四挺机枪瞄准一点,
炮击一分钟不停。

熟悉的阵地,
熟悉的射击技术,
钱树俊,
下了决心,
加修阵地,
坚守掩体。

工事上的积土横飞，
工事里撑不开眼皮，
困难越来越多，
情况越来越急，
钱树俊，有不怕一切的胆量，
有一颗沉着的心。

钱树俊啊！
战场上立大功，
消息在修理山传播，
弹药送来了，
弹药手派来了，
信心更足了……

机枪发热了，
钱树俊更热啊
——咬着雪团。
雪啊！像糖，
吃在嘴里，
凉在心里。

敌人换了冲锋道路，
钱树俊朝路口堵击；
敌人往上冲，
枪口朝下射击。
敌人又冲了六次，
一次也冲不上去。

帽子穿了弹孔，
衣服炸了窟窿，
用智慧和勇猛，
打垮敌人十二次冲锋。
枪，瞄准敌人，
子弹，没有一发落空。

到处赞美啊！
到处歌颂啊！
“钱树俊，钱树俊，
阵地前沿守得稳，
不见兔子不放鹰，
一枪一个美国兵……”②

---

②这是当时连队战士们编的快板中的一段，个别字句上作了修改。

05

负伤

一排伤亡大，
二排调到前面打；
指导员在三排动员完毕，
副连长带去反击。

三排每个人，
心里开了花；
请战请了好几天，
才到阵地最前沿。

紧张的情况一分钟一个变化，
指导员从二排又赶到三排，
战机不能放过去，
敌情要同战士说清楚。

十二次冲锋都被打垮，
这是最现实的教育材料；
抓住这生动的事实教育每一个人
——修理山可以守得住！

每条战壕一天来回几次，
用钱树俊的战斗精神教育每个同志。
指导员的话具有挡住敌人的力量，
指导员的手势做着摧毁敌人阵地的模样。

浓烟里看不清人影，
浓烟里的青松忽隐忽明；
二排的工事很多炸塌，
没有工事的利用地形。

二排的阵地是主要目标，
二排长负了重伤；
大炮往这里打，
机枪往这里扫。

“胜利是鲜血换来的，
流血，是为了胜利。”
紧张的战斗在哪里，
指导员就指挥到哪里。

二排的工事炸塌很多，
二排的阵地屹然不动。
指导员在二排阵地前沿，
就像有一条攻不破的防线。

指导员的伤没有好，
今天，左脚又负了伤；
五个脚趾被弹片切掉，
没有叫一声痛。

打开裹伤包，
自己扎起来，
鲜血没有让战士看见，
走起路来咬着牙。

拖着负伤的脚，
怀着坚定的心；
眼，盯着前方，
手，指着前方。

打垮敌人一次进攻，
向上报告一次情况；
自己的伤势怎样对上级讲？
自己还不愿离开修理山。

和同志们战斗在一起，
决不和同志们分离；
把自己的伤势说轻，
就可以留在修理山的阵地。

向上级作了报告，
说明自己负了伤
——报告说伤势很轻，
　　照样可以战斗。

指导员作了这样的打算：
不走路，不行军……
坚守阵地，坚守修理山，
站着不行，可以爬来可以滚……

指导员作了这样的准备：
有一口气，也要坚持！
不走远路，不上高山……
负伤的脚，妨碍不了指挥。

一拐一拐来回走动，
有时爬着上坡下坡；
不到全线出击，
决不离修理山一步！

06

王英①

I

今天的战斗比昨天更激烈，
敌又用一个营兵力一次冲上来。
冲上来，
倒下去。
一批又一批，
一回又一回。

一排的阵地：
敌人的飞机从早炸到晚，
敌人的炮从黑轰到天明，
这个阵地上，敌人用过一切杀人的武器……
看！一排阵地飞沙走石，
看！一排阵地钢铁成堆。

一批倒下去，
又一批冲上来；
敌人的炮火一次比一次疯狂，
敌人的冲锋一次比一次密集。
一排有一挺出名的机枪，
一排的火力筑成一垛攻不破的铁墙。

---

①王英，50军148师444团二连战士，1950年7月入伍。战后被追记为特等功，所在二班被授予“王英班”光荣称号。

机枪埋到土里了，
机枪被堵住喉咙；
敌人的炮还在轰，
飞机还在俯冲。

王英，十八岁的青年战士，
一个箭步跳出工事，
用最大的劲翻开黄土，
抱着机枪，
打着滚，
换了掩体，
开始射击。

失去射手的机枪，
又大声叫开了；
蜂拥的敌人，
冲到阵地前沿，
王英对准敌人，
哗哗扫了一阵。

冲了上来，
又倒栽下去，
连续五次冲锋，
弃尸一百多具
——死的，抢不回去，
　　活的，冲不上来。

II

下午三点钟，
敌人又开始连续进攻。
我们打退了一次冲锋，
又打退一次冲锋。

我们，都是勇敢的人，
燃烧着一颗颗愤怒的心。
一排的阵地，
剩下十几个人。

王英组织了火力，
王英鼓舞着大家：
“为抗美援朝而战斗，
是最高的国际荣誉！”

王英的机枪扫着，
进攻的敌人死亡着。
远处，飞来一颗炮弹，
机枪炸坏了，
王英负伤了，
敌人，上来了……

“为了自己的祖国和朝鲜人民，
决不让修理山的土地丢失一寸！”

情况是那样的紧张，
王英是那样的镇静，
抱着炸药包，
拉着信管往前跑。

一股黑烟，
冲上天；
一声巨响，
山地震荡。
一群敌人的尸体
——血肉满天飞。

王英，伟大的
中国人民的好儿子
——修理山上的英雄，
用自己的青春，
建立了永垂不朽的功勋。

敌人发抖了，
敌人吓破了胆！
王英，这伟大的英雄事迹，
在朝鲜战场上流传，
在中国人民心里流传。

07 决心

I

指导员的头抬得高高的，
两颗眼珠
盯住连长牺牲的那个阵地。
假如你还在这里，
假如今天由你指挥……
你牺牲得太早了，
连长啊！我怎能离开你！

指导员的头抬得高高的，
两颗眼珠
盯住连长牺牲的那个阵地。
自己的脚不听自己指挥，
自己的脚撑不住自己的身体，
自己的脚不能翻山、越岭……
连长啊！我的心像被油煎！

指导员的头抬得高高的，
两颗眼珠
盯住连长牺牲的那个阵地。
把山头上的阵地夺回来，
副连长能指挥吗？
副连长浑身在发高烧，
连长啊！谁来指挥我们打！

指导员的头抬得高高的，
两颗眼珠
盯住连长牺牲的那个阵地。
我从来不怕困难，不畏缩……
想起消灭皇家坦克营，①
我自己进行了爆破，
连长啊！你知道我。

指导员的头抬得高高的，
两颗眼珠
盯住连长牺牲的那个阵地。
我的伤会不会影响战斗？
要不要请上级再派人来换我，
使胜利更有把握？
连长啊！能不能这样做？

指导员的头抬得高高的，
两颗眼珠
盯住连长牺牲的那个阵地。
上级把战斗任务交给我们连，
我怎能把担子卸下肩！
我怎能请上级再派人来！
连长啊！我怎能离开自己的岗位！

---

①皇家坦克营是指英军二十九旅皇家来复枪五十七团坦克营，1951年1月3日，50军149师在高阳战斗中将其歼灭，共炸毁和缴获坦克31辆、装甲车汽车21辆，伤敌200余人，俘敌227人。

II　走进山沟，

山沟里，

有退子弹的声音，

有上下机柄的声音……

指导员，悄悄地看着：

有的战士闭着右眼检查枪膛，

有的擦拭机柄上的灰尘。

走进小松林，

小松林里，

有刺拉的撕布声，

有踩着雪地的脚步声……

指导员，悄悄地看着：

有的战士撕着衬衣包伤口，

有的战士跛着脚练习走路。

走到岩石下，

岩石下面，

有的喊："冲啊！"

有的喊："杀啊！"

指导员，悄悄地看着：

有的战士作冲锋姿态，

有的战士上了刺刀做格斗动作……

走进防空壕，

防空壕里，

有伤员的咳嗽声，

有的伤员在稻草上翻身……

指导员，悄悄地开着：

有的伤员睁开眼睛看四周的动静，

有的互相猜测反击的时间……

III　指导员，慢慢地支着棍子走动，
战士们大声地议论：
“王英手臂上写着一句话
——不消灭敌人，
　　决不回国。”
“王英的话这样写
——朝鲜不胜利，
　　王英不回国。”

指导员，慢慢地支着棍子走动，
战士们大声地议论：
“这次反击，
爬也要爬到二排守过的阵地。”
“王英那样英勇，
看看王英守过的工事……”
“把王英的工事恢复起来，
让它永远守卫修理山……”

指导员，慢慢地支着棍子走动，
战士们大声地议论：
“反击战，要准备，
山高，路小，天又黑……”

“山高一片白，
山高找不到路啊……”
“指导员会指点路啊！
指到哪，咱打到哪……”

指导员，慢慢地支着棍子走动，
战士们大声地议论：
指导员把当假腿用的棍子丢了，
指导员站得稳，很稳。
指导员像在队前做着手势，
指导员向战士们迈开大步：
“你们是不可战胜的力量，
你们是勇士……”

指导员的话刚刚说完，
战士们又大声地议论：
“指导员重伤不下火线，
我们更要奋勇杀敌！”
“指导员和我们在一起，
鼓舞着我们的斗志！”
“指导员！快请示战斗任务吧！
我们现在就宣誓……”

08

宣誓

今晚，要反击，
今晚，要夺回阵地；
修理山的每一寸土地，
都是朝鲜人民的。

副连长到团部接受了任务，
回来传达了作战意图；
他一定要参加战斗，
他知道指导员的伤势很重。

趁敌人立脚未稳，
要在守过的阵地上肃清敌人；
负伤的同志都抢着请求参加突击组，
动员会上，没有一个不举手报名。

今晚有攻击，
有九连配合，
有机枪连、炮连……
火力支援。

七连从这个山头撤下来，
要从左翼再反击上去；
指导员硬撑起负伤的身体，
指挥一个排反击。

副连长带着重病指挥一排，
指导员率领三排；
两个人分工
——开始运动。

每个人的心，燃烧着火，
怒火啊！烧在心窝。
决心只有一个
——偷袭不成，强攻山头。

没有星星，
没有月影，
山上的积雪，
齐腰深。

山上，没有路，
攀着小松枝往上爬；
一步，跌一跤，
一步，一个刺溜滑。

上不去的峭壁，
踩着肩膊，叠罗汉；
上去又滑下来的陡坡，
一个推着一个走。

雪里爬，雪里滚，
指导员的脚不能走了，
走几步，爬一爬，
任务啊，重于生命。

督促前面快走，
鼓舞后面快撵，
胜利属于勇敢的人，
胜利在前面招手。

沉重的步子，
拖不动的身体；
一个拉一个，
一个推一个。

鞋子，湿了又冻硬了，
棉衣，湿了又冻硬了，
脸上的汗，擦了又滴下来了，
衬衣，干了又湿了……

三个钟头过去了，
后面的同志掉队了，
“争取夜夺山头第一功！”
指导员又一次鼓动。

掉队的同志越来越多，
指导员立刻找到根由
——他们有的身上几处负伤，
　　有的几天几夜没有合过眼皮。

想派人去联系，
现在已到攻击时间；
再等，就会失去协同的时机，
咬一咬牙，从雪地上站起。

前面只有五个人。
指导员下了命令：
“有一支枪，打一支枪。
有一个人，打一个人。”

敌人发觉了，
机关枪，火箭炮……
一起开火，
道路也被封锁。

五个人一起散开，
准备了手榴弹；
看准敌人射击的火星，
手榴弹猛打一阵。

一阵冲，一阵杀，
一片火光，
一阵爆炸，
一声声敌人的惨叫……

后面的同志上来了，
二排从另一条路也冲上来了，
九连，机枪连也打响了，
交叉炮火，切断敌人的退路了……

消灭了敌人，
夺回了阵地；
三排没有伤亡，
没有减员一个人。

山头上，
到处可踢着敌人的尸体；
山头上，
到处可踩着敌人的武器。

一条条红线，
划开了黑色的天空；
炮声又响了，
震动山峰。

夜航机像发了急，
飞高又飞低；
一面打照明弹，
一面围着山头转。

“山头夺回来了，
能保证守住吗？”
指导员用激昂的声音，
问每一个人。

“坚决守住修理山。
人在阵地在！”
钢铁的声音，
钢铁的保证。

王英牺牲得壮烈、顽强……
一排与阵地共存亡。
都在这里，
这是一排守过的阵地。

指导员领着大家宣誓：
“我们要对得起祖国，
我们要对得起烈士！”

“战斗需要我们牺牲，
决不吝啬自己的生命；
只要有一口气，
就要坚守阵地！”

09

力量

I

沙土熏黑，
石头烧焦，
天黑了，
树，还在燃烧……
又展开了一天的恶战，
阵地前后，像一片火的海。

避开山上的火焰，
踏着阵地上的弹片，
子弹一箱一箱送上阵地，
手榴弹一箱一箱送上阵地，
炒米一袋一袋送上阵地，
慰问信，雪片一样飞上阵地……

干粮分配了，
武器调整了，
人数检查了，
伤员送走了……
天黑了，
阵地忙起来了。

天黑了，
阵地忙起来了。
夜，是敌人的，
顽强的人，
没有夜
——战斗不分昼夜。

II

指导员
——党的支部书记啊！
到阵地上动员回来了，
把支部委员召集来了，
把小组长召集来了，
到山后的大岩石下来了。

七个支部委员，
伤亡三个，
九个党的小组长，
还有四个，
八个人靠得紧紧的
——开党的会议。

党的会议，
引导每一个战斗走向胜利。

勇敢的战士像猛虎，
坚强的组织像堡垒。
党的无穷力量，
在战斗里发光。

冲不出去的地方，
共产党员像风一样，
带头冲击出去了；
守不住的地方，
共产党员像钢铁的巨人矗立，
守了黑夜又守白天。

共产党员流血了，
悄悄地包起来，
先不告诉组织，
也不告诉同志，
他们——要战斗到底，
他们——不愿离开血迹未干的阵地。

党的组织坚强，
没有打不胜的仗；
党员的意志坚定，
没有消灭不了的敌人。
劣势抗优势，
勇敢的人得胜。

Ⅲ

党员都动员起来了，
能开会的，
小组里讨论；
不能离开岗位的，
一个一个传达，
党员，忙起来了……

天黑了，
阵地忙起来了，
勇敢的人面前，
没有黑夜，
党员的心，
又亮，又明……

党员带领群众忙起来了，
干部带领战士忙起来了，
忙起来了，忙起来了，
每个人都忙起来了，
天黑了，
阵地忙起来了。

立功计划检查了，
入党的决心表达了，
疲劳的，振作起来了，
负伤的，包扎好，
又上来了，
一切都准备好了。

一切都准备好了，
更大的战斗快开始了，
守住修理山，
这就是力量
——所有的人，
一条心！

10 烟幕

烟幕迷蒙整个阵地，
热风吹着火药味；
敌人强攻修理山，
一次比一次猛烈。

火在黑烟里闪红光，
火在爆炸里飞溅；
重磅炸弹把千斤的大石头掀起，
山在动，土在飞……

数不清的敌人分成三路，
数不清的炮向前移动，
三面包围，连续冲锋，
对七连一次又一次猛攻。

一排的侧射火力从右突然打响，
三排压制住正面的敌人；
左翼不易攀登的小路，
一挺机枪隐蔽封锁。

弹坑里又炸着弹坑，
弹坑接连着弹坑；
工事翻过去了，又翻了过来，
工事里，泥土填满。

把弹坑当工事，
这个弹坑里扫一梭，
又滚到那个弹坑里去，
一次一次把敌人阻击。

冲锋枪，步枪……
打完了子弹，
用敌人的卡宾枪，
用手榴弹……

紧张的日子里最紧张的一刻，
负伤的同志啊！
擦掉身上的血迹，
又继续战斗。

炸弹震昏的同志啊！
苏醒过来，
揉一揉沉重的眼皮，
又继续战斗。

负了重伤也不下火线，
拖着不能行走的腿爬到前沿；
木把上带着鲜血的手榴弹飞出去，
像炮兵准确地发射每一颗炮弹。

燃烧弹打过来，
火，烧着棉衣
——忍着火烧，
坚持射击。

伤口发紫了，
滴着的鲜血结成冰凌；
忘记了痛，
冒火的眼，瞄准敌人……

急袭的炮火半天不停，
把山头的沙土一层层削平。
战斗员用肉体掩护指挥员……
指挥员用模范行动鼓舞战斗员……

一架飞机跟一架飞机，
投下的烟幕弹一个个像连在一起；
黑烟飞到空中，
笼罩修理山的阵地。

“准备手榴弹，
揭开手榴弹的盖。”
这是智慧，
这也是命令。

敌人一群跟一群，
一股挤一股；
摇摇摆摆，
进行平推。

听见敌人的脚步声，
手榴弹也在那里叫出声；
眼睛看不见，
耳朵听得清。

敌人停下来，
我们也停下来；
人看不见人
——听着动静。

机枪不停地射击，
敌人偷偷摸到前沿；
敌人蜂拥上来，
情况万分紧急。

手榴弹炸开了，
刺刀拼过去了，
敌人倒下去了，
血肉飞起来了……

沙土飞扬，
火光闪闪，
一个手榴弹，
接一个手榴弹。

从敌人来的方向，
从山上到山下，
手榴弹绑在一起打出去，
手榴弹组织成火网。

爆炸接连着爆炸，
响声震动着响声；
空中的弹片带着血飞，
地下的钢盔碰钢盔。

冲在前面的
最先倒下。
几百个敌人的尸体，
从山头摆到山脚下。

敌人猛扑，
我们坚守；
敌人要夺修理山，
比登天还难！

11 时间

I

时间到了啊！
大兵团出动了，
人民军，
志愿军，
浩浩荡荡，
像铁流一样。

班不离班，
排不离排，
一个人跟一个人，
大踏步前进。
夜里，没有风，
脚步声像秋风扫落叶。

飞机投照明弹了，
没有人停止脚步；
机关枪扫下来了，
没有人停止脚步；
杀伤弹爆炸了，
没有人停止脚步。

好像没有听见，
好像没有看见，
一步跟着一步，
一个人跟着一个人，
一分钟也不能停！
一秒钟也不能停！

见山翻山，
遇水趟水，
棉衣湿透了，
喉咙干得像要冒烟，
不顾一切疲劳，饥渴
——急进。

穿过大路，
又抄小路，
一路又一路，
一个队形又一个队形，
在所有的路上
——急进。

II 争取时间，
争取更大的胜利，
指挥员，也是战斗员，
在战斗的行列里，
一面指挥，一面射击
——守到底。

争取时间，
争取更大的胜利，
炊事员，把围裙解了，
连部的小文书，把文件烧了，
一切的人，都上了阵地
——守到底。

争取时间，
争取更大的胜利，
参谋，帮助指挥员掌握情况，
干事，帮助战场鼓动，
能上阵地的人都上了阵地
——守到底。

争取时间，
争取更大的胜利，
守住修理山，
就是胜利，
在修理山上
——守到底。

争取时间，
争取更大的胜利，
多少个难忘的日日夜夜啊！
修理山，英雄的阵地，
在修理山上
——守到底。

III 四次战役开始了，
大兵团出动了，
像撒开了天罗地网，
人民军，志愿军，
志愿军，人民军，
四处分割敌人。

像大海里的巨浪，
像大雨后暴发的山洪，
惊天动地，
向敌人冲击。
激战开始了，
战火横飞。

两昼夜的持续战斗，
横城的敌人全部解决。
汽车堵塞在公路上，
大炮翻到桥底下，
坦克倒在稻田里……
敌人尸体叠尸体……

一个胜利，
接着一个胜利；
一次追歼，
又一次追歼。
四次战役开始，
一万多敌人被消灭。

敌人逃窜的逃窜，投降的投降，
汉江南岸的事实告诉了全世界：
和平的土地不容侵犯，
人民的力量越来越强；
侵略者胆敢坚持玩火，
必将得到可耻的下场！

1952年11月草于朝鲜
1957年5月脱稿于北京

第三辑

永远的长征 组 诗

这一辑按时序收录了作者从1941年至1987年创作、发表的《红小鬼》《边区街头》《潘南》《天津城下》《写在抗美援朝日记上的诗》《海水掀起浪花》《侦察兵之歌》《威镇南疆》《永远的长征》等9首诗歌。

这些诗歌是作者或亲历、或亲闻，历经战火、饱经沧桑的动情之作。《红小鬼》讲述一名红军小战士成长到抗日英雄的故事，那是无数革命军人的成长史。《边区街头》以乐观、浪漫的笔触描绘了抗战时期晋察冀边区充满希望和力量的景致。《潘南》讲述“辽沈战役”中三次立功战斗英雄潘南的故事。《天津城下》是作者跟随团指挥所，从包围、攻打和解放天津所创作的英雄赞歌。

《写在抗美援朝日记上的诗》是作者的战地日记，从多个侧面反映那一场残酷的战争，如“矫健的红鹰”讲述了 148 师“罗盛教式的国际主义战士”王永维烈士的故事。《海水掀起浪花》讲述抗美援朝中，我军首次陆、空协同解放大和岛的传奇。《侦察兵之歌》讲述从朝鲜战场回国的侦察连，为适应现代战争从严训练，再立新功的故事，该诗谱曲后广为传唱。《威镇南疆》讲述对越自卫反击战“两山”战斗英雄的故事。《永远的长征》是红军长征胜利五十周年的回顾和致敬。作者用近半个世纪，每每利用夜晚的间隙，写下了从红军长征、抗日战争、解放战争、抗美援朝战争到对越自卫反击战的战斗诗篇，称之《不夜集》。

01

红小鬼①

那个团长的勤务员，
跟着团长多年，
说话喳喳的小兵。
村里的老百姓都知道，
都叫他“红小鬼”。

他长得很壮实，
走起路来，跳跃、迅速、愉快……
现在，背着马枪当通讯员了。
每天，带着信件，
哼着歌子走山路。

夜深了，在他的房子里，
“小鬼”们围了一炕沿，
他用喳喳的口音
给大家讲故事，
——讲长征爬雪山，过草地……

① “红小鬼”是人们对机智灵活的红军小战士的一种赞誉爱称。

还不到半年，又丢下马枪走了，
“小鬼”们像失落了亲人，
团团地跟在后面——送别；
他驰骋在北方广阔的原野，
他已指挥一个排的兵力。

到哪里，战士都围着他，
他像一块磁石吸引着战士，
每一次炮火横飞的战斗，
他都冲锋在前面，
战场上，他也做出好样子。

一次敌人扫荡驻地村庄，
他带全排埋伏在山间，
出奇制胜，打得日本鬼子溃逃了。
乡亲们避免了一场劫难，
“红小鬼”的传奇在边区流传……

1941年秋，丑泥口，发表于《晋察冀日报》

02

边区街头

I 夜

大车的轮子，滚过去了，
马蹄飞一样又驰骋上来。
街道啊，白天这样辛苦啊！
——担负着支前的重任。

深深地、印着车轮的印子，
路啊！现在夜色正浓，
是你恢复疲劳的时候了。

这里，再没有恐怖的夜，
我们再也听不到
半夜里急雨似的
紧张的敲门声了。

守卫的人在游动着，他每一步
都按着你每一次脉搏的跳动，
他守着你每一分钟的安宁。

黑雾似的夜幕拥着街道睡眠，
街道很舒服地躺着，
每一个大门洞，
都瞌上了睡眠的大眼睛。

II
墙

最高的墙上，
那漆黑的大字：
坚决保边区！抗战必胜利！
像墙的眼睛一样，
射着乌黑的光。

识字的人，
走过高墙，
高墙就留住他们，
他们咕哝着站住了。
墙呀！你在教人们
说着最美好的话。

艺术家最喜欢你呀！
他们用各种颜料，
在你的脸上涂抹，
像用许多化妆品，
给演员们化妆。

你经常穿着新颖的服装，
在群众面前说着无声的话。

像演戏一样，
你是最伟大的戏剧家，
经常调换着各种服装，
扮演各种角色，
说着各种最新的话。

III 树

古老的槐树，
巨人似站在街口。
铁黑色的皮肤上，
像鱼鳞片一样，
生满了疙瘩。

十几个人围拢来，
都没有你那样粗啊！
古槐树的身体，
像宝塔
巍峨地矗立着。

多少年代了
你不是在
香烟袅袅的迷雾中过生活吗？
每一年红蜡烛都烫焦你的筋骨。

新的时代，
要你过着新的生活：
再没有人
在你伸出像手一样的
粗壮的枝头上，
挂“有求必应”的小木牌了。

代替小木牌的，
是新的标语了。
一次又一次，
重叠在你胸前。

这是一种新的形式呀！
古槐树呀！几十年、几百年……
你也没有听说过
标语上新的名词。

微风吹着撕破的标语，
红绿纸随风招展，
像一个人在招手。

古槐树呀！
你不会像老年人那样孤独。
我们的口号提出来，
你很早就知道，
很多人也把你包围了。

春天来了，
太阳伸出温暖的手掌，
每一个早晨，
最先摸着你
永远不老的，
绿色丛丛的头顶。

IV
棚

瓦砾堆，
像几千年的古墓。
在千万人的脚底下，
变成平地了啊！

瓦砾上面
像春天
新芽又从地上生长了。

新的坯，新的苇席，
新的木条……
从烧焦过的土地上，
架起轻便的棚。

春天的土地，
绝不像沙漠一样；
深埋在地下的根，
一定会抽出新芽。

赶集的那一天，
苇席棚像春天盛开的花。
人群蜂一样往这里涌。

这是我们的，
晋察冀的棚啊！
晋察冀！
永远使人像春天一样喜欢你。

1942 年 9 月于女庄

03

潘南

去年，腊月天，
队伍出发了。
那一天，
风，刮得猛，
雪，下得紧，
一步一个刺溜滑，
一步一个“趔趄”。

——吐吐，——吐吐……
敌人的枪打响了，
你们都趴下。
地上，
铺着雪，
雪上，
卧着战友们，
——在等待着
一声号令。

连长熟悉你，
立了三大功的潘南啊！

功上加功
全团数第一。
口令传下来，
叫你到他跟前，
给你一个紧急命令。

两边的地堡，射出雨一样的
交织的火网。
你冲不过去，
前进的道路，
封锁得严严实实。

一颗子弹从你右胳膊穿过。
你，潘南啊！
真是好样的：
脑子一转，
有了新招。
连爬带滚，
像地上的皮球啊！
你假装退回来，
从侧面，
又绕回去。

敌人发觉啦！
枪眼里，
飞出嘶嘶的子弹。

你，趁这千百次射击中的
一次空隙，
站起来，
飞起一个箭步，
上了地堡盖。

“要命！
把枪撂出来。”

敌人毛啦！
像一群狗打架。
最后，你听说：
“没有枪，
不用搭理……”
你，吆喝一声：
“好！俺没枪，
整不死你们！”

“轰”的一声！
——爆破筒进去，
黑烟冒出来；
地堡里，
没有人吱声，
没有动静……

队伍上来了，
像一江急流的水，
涌着，涌着……
枪声，
爆炸声……
地皮震动的
一片回声……

胳膊上的血淌下来，
手背上一片红。
你，没有停一会，
没有瞅上一眼，
踩着雪，滑着冰，
上去了……

冲到街里，
占领火车站。
你，潘南啊！
二十岁的小伙子，
又站在大伙面前。

柳条沟打开了，
人民的队伍，
又在南满的铁路上呀，
敲掉一个狗牙。

1948年9月于哈尔滨，发表于《东北日报》

04

天津城下

进入东局子，
天，就黑了。
一夜的土工作业：
交通沟，
挖成了；
大地堡
盖起来了。
丁字形的
三个大地堡，
一个个枪眼，
对准天津的民族门。

天明了，
敌人在民族门
北边的土城上，
偷偷地
安上六零炮。
咱们，早发觉了，
瞄得准准的。

后面的迫击炮，
机关枪……
像一阵暴雨
射过去了，
射过去了……
敌人啊！
溜的溜，
爬的爬……

观察了周围，
发现敌人在蠕动，
敌人朝六班杀来，
六班有挺机枪。
韩立勋！
吐吐了一阵，
敌人又溜了
敌人哟！
不敢交锋。

一晚的工事，
大家都累了，
六班代理班长
韩立勋，
组织了六个人警戒，
四个人休息，
轮流着积蓄力量。

他自己，在交通沟里
来回游动，
——捕捉每一个战机。

不多一会，
敌人又向
六班冲来。
韩立勋一个命令：
“听我指挥，
决不让敌人冲上来。”
敌人是一个连呀！
一个连，
多少小集群……
涌上来，
开始了冲锋。

韩立勋，
瞄准敌人。
他对着老尹：
“手榴弹盖，
通通揭开……”
他拿一个，
打一个，
越打越猛，
越打越快……

打呀！打呀！
他站起来了，
站到地堡盖上……
打呀！打呀！

冲到前面的敌人，
一个个倒下去，
一个个摔掉枪。
这是咱们威力无比
无形的钢壁铁墙！

“谁再退，
砍谁的脑袋！”
敌人的连长，
像恶狗吼叫。

韩立勋，
撸了一枪，
黄振国说：
“打高了！
再来一枪。”
“啪”的一声！
放倒一个。

敌人的连长，
两只手抱着头，
跑呀！迈开了大步。

敌人又增兵了，
几百敌人，
几个地方，
一起冲，
一起冲过来了。
韩立勋
像一根铁杆，
挺立在前。
他指挥每一个人：
“咱们有一个人，
打一个人；
有一口气，
打一口气！”
张文也接着说：
“咱们是共产党员，
别忘了
——光荣称号！”

打呀！打呀！
手榴弹，
又送上来了。
“有手榴弹就成！”
韩立勋说着，
又站起来了。
两只手，
拿着手榴弹。
左手撇一个，
右手撇一个……
一个连一个……
左右开弓。
撇出去，
撇出去，
敌人又乱了，
他们指着韩立勋，
叽叽哇哇
乱咋呼：
“打死那小子
打死那小子呀……”

“嗵，嗵！”
咱们的炮，
又从后面打过去了。
韩立勋，
两只手打得更有劲，
机枪也扫过去……
敌人向后撤了。
敌人要跑，
韩立勋，
带着一个班，
追上去了。
又是乒乒乓乓，
猛杀猛打。

敌人跑几步倒下，
跑几步倒下……
跑回去的，
三三两两……
倒下去的，
密密麻麻……

敌人叫的叫
哼的哼……
还有的不动弹：
一片片鲜血
一堆堆尸体。

天又黑了，
韩立勋，
守着前沿工事，
稳如泰山。
韩立勋，
顽强的英雄呀！
这是第三次了
——在战场上
立大功。

1945年冬于天津

05

写在抗美援朝日记上的诗

I 这一天

这一天，孩子给我们送金达莱，
两国人民用鲜血灌溉过的土地上，
鲜艳的花朵永远开不败。
我们珍惜每一片红色的花瓣
——凝结着最深厚的友爱。

这一天，郡里给我们送铜碗，[①]
铜碗里，盛满最真挚的情感，
铜碗只能送给最亲的人……
我们珍惜铜碗每一次的金光一闪，
——友谊的光辉永远相传。

这一天，道里给我们赠红旗，[②]
会上，几千双手热烈鼓掌，
掌声，比暴风雨还响，
我们珍惜每一双手的友谊，
——北京，平壤是鲜血结成的兄弟。

---

① 郡，即县。
② 道，即省。

这一天，共和国给我们授勋，
代表团长亲手给我们佩带，[3]
胸前的勋章光芒四闪啊！
我们珍惜勋章的每一种类型，[4]
——这是颂扬国际主义思想的红星。

II 败将

天空映着一片火光，
松林在烈火里燃烧；
美国强盗被截断了去路，
初冬的风吹着烈火呼呼叫，
是你们在这块美丽的土地上，
破坏朝鲜人民的生命、财产、牛群……

志愿军的大炮发射了，
打翻敌人第一辆炮车；
坦克不能前进了，
牵引车也不能动弹。
战士们像神兵冲到敌人面前，
美国强盗跪着举起了枪……

---

③ 指朝鲜民主主义人民共和国派出的授勋代表团。
④ 朝鲜的勋章分国旗勋章、自由独立勋章等几种。

志愿军在丰场打扫战场，
枪支成林，弹药成山……
电话机满山都是，
卡车、炮车、吉普车堵塞在公路上，
祖国啊！胜利消息再次传到每个角落：
麦克阿瑟是我们手下的败将。

天空映着一片火光，
松林仍在烈火里燃烧；
枪上的刺刀闪闪发光，
押着一群一群俘虏走进山沟。
战友们眨眨欢乐的眼，
会心的笑比蜜还甜。

III 高山上

山下残存几间草房，
是飞盗破坏过的村庄；
山上是志愿军，
守着两挺高射机关枪。

绿色的丛山，
白色的流水；
山上埋着茁壮的道拉吉，①
水边顶着罐口的姑娘歌唱。②

道拉吉没有人去挖了，
姑娘的歌声消失了；
每天，飞盗还要来，
要把村庄变废墟。

决心消灭飞盗，
保卫朝鲜的村庄、公路、桥梁……
昨天东山上打下野马式，③
今天又移到这座高山上……

以上三首诗发表于 1960 年 10 月号的辽宁《文艺红旗》

---

① 道拉吉是朝鲜特产的一种植物。
② 朝鲜的风俗，打水都用瓦罐顶在头上。
③ 野马式是美军 P-51 战斗机。

Ⅳ 矫健的红鹰

大轰炸的夜晚，
野战所驻地村庄发出一声声巨响：
房屋倒塌，大地震荡，
火里闪动着人影，
一片撕破喉咙的惨叫声……

志愿军战士
每个人都像一只只雄鹰；
冒着轰炸，扑进火海，
人与火展开了最紧张的搏斗，
拨开火焰，从火中夺回生命。

背着老大娘飞奔出火海，[①]
敌机又投下杀人的炸弹，
是他，用肉体盖在她身上，
是他，在火里七进七出，
是他，出国之前向党立下了誓言……

---

① 这里写的是国际主义战士王永维，50军148师后勤处野战所护士，四川南部县人，1951年11月20日为抢救美军轰炸中的朝鲜老大娘而牺牲，年仅22岁。被志愿军政治部追记一等功，并授予“二级模范”和“模范团员”光荣称号。

老大娘抱着他流泪，
他闭着含笑的眼睛，
同志们脱下军帽，
看着他通红的全身，
——像一只最矫健的红鹰。

生命的火焰是不会熄灭的，
在中朝人民心里，
让他展开红色的翅膀翱翔吧！
前线的炮声开始密集了，
我们会追回每一笔血债。

V 祖国的声音

慰问团每个人的话，
都带来祖国的声音；
看着桌上摆的每一件慰问品，
就像看见祖国在飞跃前进。

翻开日记本的第一页，①
敬爱的领袖啊！
像在检阅我们每个人，
我们站在毛主席身边，
我们前面亮起了一盏明灯……

拿起象牙的白色香烟嘴，
——祖国，我的母亲。②
烟嘴上的红字比诗还动人；
祖国啊，你的儿子，
已经打到了“三八线”以南……

端起搪瓷的茶缸，
——赠给最可爱的人，③
这样的称呼使我们感动得流泪；

①日记本慰问品的第一页印有毛泽东像。
② 烟嘴慰问品上刻的字。
③ 搪瓷缸慰问品上印的字。

让我们查一查持久作战的思想吧！
有没有辜负祖国的亲人。

戴起闪闪发光的手表，[④]
亲爱的祖国啊！
我的表走得不差一分，
只要金日成将军一声令下，
最艰巨的斗争一定按时完成。

慰问团的每个人的话，
都带来了祖国的声音；
看着桌上摆的每一件慰问品，
就像看见祖国在飞跃前进。

---

④ 手表慰问品。

VI 逃窜

铁路断了，车厢翻了，
新安洲火车站没有人了……
美国罐头筒滚满在铁路上，
麦克阿瑟在老远下命令，
大叫："撤退！撤退！"

线路断了，电话哑了，
新安洲的司令部，
美国的侵朝地图摔在地上，
暴跳的指挥官拍着桌子，
大叫："快跑！快跑！"

堑壕空了，地堡空了，
新安洲的外围工事里，
卷发的少女裸体像散乱一地，
怕死的美国兵失去指挥，
大叫："逃命！逃命！"

汽车跑了，坦克跑了，
离新安洲远了；
炮弹也丢完了……
害吃惊病的强盗坐车跑得快，
大叫："OK！OK！"

以上三首诗发表于1960年10月号的《长春》

Ⅶ 银燕

银色的燕子，[1]
飞过海面，
穿过云海，
一直飞向南……

一直飞向南，
那里的天空，
飞盗正在逞凶，
村庄，已经烧红。

村庄，已经烧红，
飞盗还在发疯；
扑灭灾难去，
一缕青烟划破天空。

一缕青烟划破天空，
一声怒吼惊散云雾；
闪闪发光的翅膀，
带着祖国的使命。

---

① 志愿军战士对我参战飞机的爱称。

带着祖国的使命，
穿进了云层；
一阵空战的机枪声，
飞盗拖着漆黑的浓烟往下掉。

飞盗拖着漆黑的浓烟往下掉，
仰望天空的朝鲜人民拍手欢笑；
祖国也在招手呀！
我们的银燕惩罚了飞盗。

Ⅷ 突破临津江①

部队运动到江边，
脚步轻得听不见；
江那边的照明弹打上天空，
江心照得透明。

敌人的夜航机，
沿着临津江两岸飞；
从高空封锁着江面，
机关炮一次又一次射击。

指挥员的命令：
“再向江边靠近！”
我们一字拉开，
做好过江的准备。

呵—呵冻僵的手啊！
刺骨的寒冷；
穿透每个人的棉衣，
穿透每个人的鞋底……

① 临津江距汉城北 75 公里。敌军凭借临津江天然障碍，在约 250 公里正面、60 公里纵深组成两道防线。1950 年 12 月，我志愿军进行第一、二次战役后，乘胜追击，突破临津江，打过“三八线”，胜利实施了战略大反攻。

今晚，对临津江全面出击，
打过临津江就是胜利。
我们山后的大炮怒吼了，
炮弹带着响声飞过江面。

敌机投着重磅炸弹，
冰柱飞到半空中；
飞快的脚步从冰上刺溜过去，
像流星飞过夜空……

IX 追击

公路两旁的村庄，
冒着熊熊的火光；
为着追歼前面的敌人，
踏着火苗，穿过浓烟急进。

浓烟扑进鼻子，
火焰卷到前额；
映红的面影，
冒着火一般的仇恨。

坦克翻在稻田里，
汽车倒在桥底下……
“同志们，胜利已经在望……”
指挥员挥动着拳头。

冲过燃烧的乡村，
又冲过燃烧的城镇；
一阵房屋被炸的倒塌声，
一片风吹火焰的呼啸声……

迈开最大的步子，
用最快的速度前进；
像一把钢刀，
向敌人心脏猛插。

X 胜利的序幕

碧绿的山，碧绿的松林，
像一幅水彩画，
衬托着一间小草房……

黄色的草房，
房前流着银色的水波；
小河啊！唱着永久唱不完
战斗的歌。

电话线拉进小草房，
这是战斗土地上的大动脉呀！
每一次铃响，
消息，传向四方……

大战就快开始，
小房里，正组织攻坚战斗；
师长指着地图，
每句话都扣紧每个人的心窝。

“鸭绿江那边就是祖国亲爱的土地，
支援朝鲜，也是保卫祖国建设……
这一仗要狠狠打下敌人的气焰，
用胜利向祖国亲人汇报……”

晚上，草房里不露出一点灯光，
像大地把眼睛瞌上；
明早，第一颗红色信号弹，
揭开胜利的序幕……

草房里，组织过胜利的战斗，
房前流着银色的水波；
小河啊！唱着永久唱不完
战斗的歌。

碧绿的山，碧绿的松林……
像一幅水彩画，
衬托着一间小草房。

06

海水翻起浪花

——记解放大和岛①

I

仰望蓝色的天空，
看我们的鹰啊！
惊散白色的云朵。
大和岛上，响声隆隆，
一片黑烟，
火光冲到半空……

“命中，命中！”掌声雷动，
“猛炸，猛炸！”战士们欢呼。
看我们的鹰啊！
在大和岛上空真英勇……
这一批返航了，
那一批又盘旋在大和岛上空……

“鹰啊！战士们向你致敬。”
“鹰啊！战士们向你招手。”
在强盗的高射炮火里轰炸，
把大和岛翻腾……
带着祖国的骄傲飞吧！
我们就要出海去打仗……

① 为解除盘踞在朝鲜西部沿海岛屿敌特对我侧后的威胁，配合板门店“关于岛屿部队撤退问题”的谈判，1951 年 10 月，50 军奉命，执行了渡海作战收复朝鲜西海湾诸岛的任务。在我军首次空军配合、陆空协同作战中，148 师 442 团攻占了大、小和岛，443 团、444 团分别攻占了椴岛、灰岛和身弥岛，150 师攻占了艾岛。

II 一色的服装，

一色的冲锋枪；

陆军海战队启航了，[①]

航行在茫茫的大海上。

轮船当军舰，

汽船当炮艇；

马达驱散了寂静，

海水翻起了浪花。

船在海里颠簸，

人在船里起落……

指挥员用报话机，

指挥每一只船的航行。

---

① 渡海作战，战士们称自己为陆军海战队。

指挥船发出信号：
红灯在船头晃了三晃；
汽船飞速前进了，
用炮向海上的敌人开火。

海战开始了，
汽船对炮艇；
汽船漏水了，
堵上棉衣前进。

汽船上射出成批的炮弹，
掩护着每艘轮船靠岸；
三颗红色信号弹划破天空，
部队向大和岛攀登……

III

“占领大和岛就是胜利，
我们要勇敢地
前进呀！向前进……”
指挥员冒着炮火挥起铁拳……
尖兵班插到敌人的后方，
打乱敌人的作战计划；
冲锋枪四处都在响，
敌人不知从哪里抵抗。

部队冲到灯塔，[①]
敌人的军舰才到海上乱打炮；
“可惜来晚了！
让它鸣炮吊丧！”

“军舰上不了岸，
咱要上岸，就不怕军舰……”
战士们骄傲的对话，
四周警戒着海上。

---

① 灯塔为大和岛最高处。

为了不要把面子丢光，
敌人叫嚣大和岛两栖登陆；
是劣势对优势展开进攻，
勇敢的人在海上无人阻挡。

“白马”死的死，降的降，[②]
海上大打歼灭战；
毛泽东军事思想，
又一次放出万丈光芒！

此诗发表于 1961 年《本溪文艺》

② 李伪军一部分，还有少数美英等国的军人。其番号叫“白马部队”。

07

侦察兵之歌

——为红心虎胆侦察连而作①

我们是红色侦察兵，
功夫过硬，有闯的精神。
深入敌后，钻进敌阵
是我们的本领。
毛泽东思想武装我们，
永远指引我们前进。
炼成钢骨铁筋，
对敌高度仇恨，
要随时随地，万分机警，
嘿！嘿！敌人对付不了我们，
敌人对付不了我们。

我们是红色侦察兵，
功夫过硬，有闯的精神。
捕捉舌头，查明敌情，
是我们的本领。

① 此诗写的是 50 军 148 师侦察连。该连在全军侦察兵大比武中获得第一名，叶剑英元帅亲自接见了全体官兵。被沈阳军区授予“红心虎胆侦察连”光荣称号。后来在云南边防执行侦察作战中，战绩突出，被中央军委授予“英雄侦察连”光荣称号。诗歌被师政治部谱了曲，在部队中传唱。

我们是阶级的硬骨头，
人人都是虎胆红心，
山涧悬空飞渡，
绝壁上面攀登。
会海上泅渡，滑雪飞山，
嘿！嘿！天险阻挡不住我们，
天险阻挡不住我们。

我们是红色侦察兵，
功夫过硬，有闯的精神，
虎口拔牙，神出鬼没，
是我们的本领。
党教育我们机智灵活，
我们是部队的眼睛，
来往乡村城镇，
出没深山密林，
能爬冰卧雪，露宿风餐。
嘿！嘿！谁也发现不了我们，
谁也发现不了我们。

1964年3月12日于凤城

08

威震南疆

——听“两山”英雄报告有感①

——火炮轰鸣，
——火箭飞驰，
把敌人的工事炸成粉末，
把敌人的阵地烧成焦土。

到处密布雷区，
地雷阻不住勇士的脚步；
滚雷英雄，纵身一跃，
上去了，上去了……
肉体战胜钢铁，
意志征服死神。
——与地雷搏斗，
——和地雷厮杀。

滚过去了，滚过去了……
杀出一条血路，
红光映到天边，
山头也打颤……

红旗插上制高点，
又夺取一个山头。
——威震南疆，
——顶天立地。

1985年冬于成都，1986年3月于成都军区《战旗报》发表

① “两山”指中越边境的老山和者阴山。1979年对越反击作战后，我边防部队又陆续粉碎越军多次入侵，先后收复了老山、者阴山等被越军侵占的高地，转入防御。

09

永远的长征

——为庆祝红军长征胜利五十周年而作

I

红星照耀着，
红旗招引着，
红军，走过大半个中国，
长征播下的火种，
是中华民族的希望，
是中华民族胜利的象征，
是中华民族前进的歌……

II

从没有路的地方走出来，
从没有桥的地方渡过去，
跨过茫茫无际的草地，
翻过皑皑白色的雪山……
走啊、冲啊、杀啊……
冲出重围，
杀出血路，
他们不是几十次、几百次……
是天天征战啊，
是日日夜夜搏击，
杀得敌人横尸遍野，
让胜利的大旗伴随红军前进。

III 走啊、冲啊、杀啊……

哪个军队走过这样长的路，

哪个军队打过这样英勇的仗。

忆往昔，天阴沉，

路遥远，火熊熊，

树皮、草根……

孕育出中国的黎明。

长征的旅程真艰难啊，

红军啊！再前进……

现在，晚霞夕阳红，

有的人身上还有敌人的弹片，

有的人被病魔缠身，

但，革命征途，

仍有奋进的姿影……

IV 这红色的工农武装

——中华民族的精英，

点起熊熊的烈火，

把祖国燃烧的大地唤醒，

把整个世界震惊……

在人类历史上，

永远，永远写着：

两万五千里——

长征！

V

半个世纪过去了，
这最光辉的胜利，
是永远忘却不了的记忆……
像一座灿烂的灯塔，
永远照耀全世界，
指引着中华民族，
——用长征精神，
再一次起飞，
向着理想的目标奋进！

1986年11月1日于成都，
当月于成都军区《战旗报》发表

后记

“但使龙城飞将在，不教胡马度阴山。”“黄沙百战穿金甲，不破楼兰终不还。”“夜阑卧听风和雨，铁马冰河入梦来。”“会挽雕弓如满月，西北望，射天狼。”“只解沙场为国死，何须马革裹尸还。”“此去泉台招旧部，旌旗十万斩阎罗。”“敌军围困万千重，我自岿然不动。”“今日长缨在手，何时缚住苍龙？”……在中华民族的历史长河中，这些充满家国情怀，充满英雄豪气，充满必胜信念的边塞诗、军旅诗总是璀璨夺目，照耀民族的征途；总是薪火相传，融入民族的血脉。

作者胡俊人在百岁之年，心系人民军队，奉献军旅诗篇，致敬英雄、致敬祖国。“向前！向前！向前！我们的队伍向太阳！脚踏着祖国的大地，背负着民族的希望，我们是一支不可战胜的力量……”在雄壮的军歌中，在嘹亮的军号中，在长征路上，在边区街头，在长城内外，在黄河长江，在汉江两岸，在两山前线，那血火、那勇敢、那精神都在《军魂颂》饱含激情、短促铿锵的诗句中闪现。

《军魂颂》付梓之际，回顾图书编审过往，倍感多方的支持和激励：原149师政治部主任郑任同志，现已84岁高龄，仍亲自研究项目、整理诗集、编撰辅文、校注原稿，为该书出版倾注了大量的时间和精力。原成都市文联主席朱树喜同志，为该书出谋划策，给予文学艺术专业指导。著名书画家张幼矩先生，激情挥毫为该书题词。胡东江同志为出版提供了大量资料。设计师古亚东先生几易方案，力求内涵与创意的融合。出版社的队友也给予了全面支持。

《军魂颂》感谢你的邂逅，期待你的指点。

责任编辑

2017年6月26日于成都

图书在版编目（CIP）数据

军魂颂 / 胡俊人著. -- 成都：成都时代出版社，2017.7
ISBN 978-7-5464-1909-1

Ⅰ. ①军… Ⅱ. ①胡… Ⅲ. ①诗集-中国-当代 Ⅳ. ① I227

中国版本图书馆 CIP 数据核字（2017）第 163301 号

军 魂 颂

JUN HUN SONG

胡 俊 人 著

策 划 人　郑 任　朱树喜
出 品 人　石碧川
责任编辑　李文凯
责任校对　李 航
封面题字　张幼矩
装帧设计　古亚东　陈晓莉
责任印制　干燕飞

出版发行　成都时代出版社
编辑部 028-86742353　发行部 028-86611785
印　　制　成都市金雅迪彩色印刷有限公司
规　　格　143mm×214mm
印　　张　6
字　　数　100 千
版　　次　2017 年 7 月第 1 版
印　　次　2017 年 7 月第 1 次印刷
书　　号　ISBN 978-7-5464-1909-1
定　　价　39.90 元